克 拉 丽 丝 · 李 斯 佩 克 朵 作 品

CRONICAS PARA JOVENS: DE ESCRITA Y VIDA

写作与生活

Clarice
Lispector

〔巴西〕克拉丽丝·李斯佩克朵 著

陈迪 译

人民文学出版社
PEOPLE'S LITERATURE PUBLISHING HOUSE

著作权合同登记号　图字 01-2021-6827

Clarice Lispector
Cronicas para jovens：De escrita y vida

图书在版编目(CIP)数据

写作与生活 /(巴西)克拉丽丝・李斯佩克朵著；
陈迪译. —北京：人民文学出版社，2022(2023.6 重印)
(克拉丽丝・李斯佩克朵作品)
ISBN 978－7－02－015747－1

Ⅰ. ①写…　Ⅱ. ①克…　②陈…　Ⅲ. ①随笔-作品集
-巴西-现代　Ⅳ. ①I777.65

中国版本图书馆 CIP 数据核字(2022)第 023784 号

责任编辑　**朱卫净　周　展**
封面设计　**钱　珺**

出版发行　**人民文学出版社**
社　　址　**北京市朝内大街 166 号**
邮政编码　**100705**

印　　制　**山东新华印务有限公司**
经　　销　**全国新华书店等**

开　　本　**890 毫米×1240 毫米　1/32**
印　　张　**3.125**
字　　数　**53 千字**
版　　次　**2022 年 3 月北京第 1 版**
印　　次　**2023 年 6 月第 2 次印刷**

书　　号　**978-7-02-015747-1**
定　　价　**35.00 元**

如有印装质量问题，请与本社图书销售中心调换。电话：010－65233595

序

佩德罗·卡普·瓦斯克斯[①]

① 巴西摄影师、研究员、评论家、记者。巴西国家艺术基金会国家摄影研究所创始人之一，尼泰罗伊文化秘书处然贝鲁文化中心（Solar do Jambeiro）负责人。1985 年出版《佩德罗二世与巴西摄影》一书，开始专注于巴西摄影史研究。1996 年获得国家摄影奖，先后出版了《摄影：思考与反思》（1987）、《巴西的摄影大师》（1995）、《十九世纪巴西的德国摄影师》（2000）等书。

对于克拉丽丝·李斯佩克朵而言，写作即为生活，生活便是写作。这不仅仅是一句口号——或许已经过时了——也是对事实的简单而严格的表达：在克拉丽丝身上，生活和写作融合在一起、混淆在一起，很难分辨其中一个从哪里开始，另一个又到哪里结束。

克拉丽丝·李斯佩克朵在累西腓度过了她的童年和青少年时期。六岁时，她在学校的长椅上发现了文字的神奇力量——文字可以创造一个世界，比现实本身更具吸引力和持久性。她在余生中一直保持着这种爱好，先是以外交官妻子的身份，而后以记者和作家的身份，在她生活过或仅仅是到访过的国家和城市以及世界各地培养这种兴趣。

在致力于报刊写作[①]的日子里，克拉丽丝从严格的物质角度出发，以写作为生。但即便在这一时期，甚至在她的一生中，她依然以写作为生，将她最美好的时光和她所有的聪明才智奉献给了一部如今举世闻名的文学作品[②]。这部作品以一种美丽而

① 本书摘录的部分专栏文章出版的时间固定为每周六。

② 指《濒临狂野的心》。

深刻的方式探索和颂扬了写作的奥秘以及人类地位的奥秘。与已故作家通常发生的情况相反，克拉丽丝征服了越来越多的年轻读者。

同时，克拉丽丝也一直是剧作家、电影制片人、作曲家、诗人、作家、教师和散文家的灵感来源，他们在她的作品中找到了自己创作或学术研究的动力。这一切的原因非常简单：克拉丽丝·李斯佩克朵的作品仍然像在写作的时候那样真实、充满活力。写作时她几乎总是把打字机放在膝盖上，在厨房里监督备餐，或在客厅里监督孩子们写作业。这些文学作品在日常生活的平凡琐事中诞生——因为克拉丽丝也渴望为她自己和她的孩子们创造“一个真正的家”——但又摆脱、远离生活，以寻求存在的实质，并从这种内在化、解域化和永恒化的运动中，从写作中汲取生命的深刻意义，那些活泼、清澈、更生和救赎的水，不断从她的文字中流向读者的心田。正如克拉丽丝在本书其中一个章节中写的那样：

> 通过书面文字与另一个生命进行接触是一种荣耀。如果将我为之努力奋斗的文字夺走，我将不得不选择跳舞或绘画。我会找到一种方法与世界进行某种形式的交流。而写作是人类的占卜师。

目录

写作与生活

诗

今天我在学校作了一首关于国旗日的诗，很美很美的诗……我甚至使用了一些我不能完全理解意思的词。

依旧不可能

我回答说，我很想做的事，就是有一天可以写出一个以“从前有一个……”开头的故事。“写给孩子吗？”大家问。“不，就是写给大人的。”我漫不经心地答道，满脑子都是我七岁时第一次写的故事，它们的开头都是“从前有一个……”。当时，我把这些故事投到《累西腓报》每周四的儿童专栏，但没有一个，确实是没有一个被刊登出来的。原因很好理解——这些故事都不具备真正的故事应该具备的元素。我读了读他们刊登出来的故事，每一个都记录了一件事。但就算他们坚持不收我的故事，我也会坚持投稿。

然而从那时起，我改变了许多，或许现在我已经准备好撰写真正的“从前有一个……”，谁知道呢？紧接着我问自己：“那么我为什么不开始写呢？现在就写吗？”我觉得这事儿挺简单的。

于是我开始了。可是我写完第一句话，顿时觉得自己还是写不了。我写出来的那句话是：“从前有一只鸟，我的天哪。”

爱的宣言

这是一份爱的宣言：我爱葡萄牙语。它并不简单，也不灵活。它没有经过思想的细心雕琢，所以并不怎么精妙。它会实实在在地做出反击——如果有人想鲁莽地把它变成一种敏锐的语言。它也不是爱的语言。对于写作的人，特别是对于那些在写作的同时揭开人和事物第一层面纱的人来说，葡萄牙语是一个真真正正的挑战。

有时候葡萄牙语会对更复杂的思想做出反应，有时候会对一句话的不可预测性感到恐惧。我喜欢用葡萄牙语，就好比我喜欢骑在马上，用缰绳控制它，有时缓缓前行，有时急速奔驰。

我希望葡萄牙语在我的笔下能够发挥到极致。所有写作的人都有这种想法。一个卡蒙斯和其他像他这样的人还不足以永远传承我们现有的语言财富。我们这些人写作，就是让思想的坟墓焕发生命。

我们面临着这些困难。但我指的不是与一种没有深入的语言打交道的魅力。我所继承的语言财富对我来说还远远不够。

如果我是哑巴，我也无法写作，那么，当别人问我想要归属哪一门语言时，我会选择英语，因为它简洁、优美。但我不是哑巴，也能够写作，所以对于我来说非常明确的一点是，我真正想要的是用葡萄牙语来写作。我甚至希望我没有学过其他语言，只是为了让我对葡萄牙语的掌握更加纯正、纯粹。

风 格

作为自我完善的方式，我一直都希望有一天能够突破一贯的写作风格，达到无风格写作的境界。因为我想要的不是表达的方式，而只是表达本身。天哪，我也不是很想表达。

如果我要写作，应该会写人类在致命痛苦中的命运。所谓痛苦，是关于荣耀、不幸和死亡的痛苦。卑躬屈膝和腐化堕落是可以宽恕的，因为它们是人类命中注定的肉体的一部分，也是人类在尘世中错误的存在方式的一部分。如果我要写作，应该会写苦难中的快乐，因为面对这个对我来说太复杂的世界，书写快乐是我的责任。

敏 锐

我写作不都是完成对某个东西的诠释，而更多的是一种尝试。这也是一件挺好的事，因为我并不想把所有东西都拿来写，有时候我只是为了尝试而想写一点东西。有时候尝试成功了，别人可以直接拿去写。

如何写作?

当我不在写作的时候，我只是不知道要怎么写。如果最真诚的提问听起来不会显得幼稚、虚伪，那么我会选择一个作家朋友并问他：怎么写作？因为这确实是个问题。要怎么写？表达些什么？怎么表达？怎么开始？当我们面对一张静静的白纸时可以做些什么？

我知道，无论答案的形式多么有趣，实质都是唯一的：一直写。我是对于写作感到特别惊讶的人。而且我还不适应别人称呼我为作家，因为，在我不写作的时候，我完全不知道该怎么写作。难道写作不是一种职业吗？不需要专门学习吗？写作是什么呢？等到将来的某一天，我能说我知道怎么写作了，那时候我才会觉得自己是个作家。

写作是一场冒险

“我努力把我的直觉翻译成文字，这样它们会变得更加清晰。”这一点我曾经写过一次。但这是错误的，因为在写作的时候，直觉是被束缚的。这很危险，因为如果诚心去写，就永远不知道会发生什么事。可能会出现毁灭的警告，通过言语实现的自我毁灭的警告。可能会出现再也不愿想起的回忆。氛围可能会变得神秘莫测。内心必须纯净，直觉才会到来。可是，我的天哪，到什么时候才能说内心纯净了呢？因为纯净是很难弄明白的：有时候在非法的爱中，存在着身心的纯净，得到的不是神父的祝福，而是爱本身的祝福。所有这一切都能够预见到，但预见之后便无法挽回。不要把直觉当成儿戏，也不要把写作不当回事，因为狩猎会伤害猎人，甚至致命。

可是既然一定要写作

可是既然一定要写作，起码不能只是把词语压缩在字里行间。

无　题

大家凭什么对我说，我的生活太单调了，都没有好好享受？这只是因为我过着远离舞台灯光的生活。在那之后，我过着纯净的生活，接触着难以形容的生活。我深深地呼吸着上帝。我过着很多生活，我不想列举我过着多少其他人的生活，但是我感觉得到它们，它们都在呼吸。我有亡者的生活，我为它们做了很多祈祷。我身处这个奥秘的核心。有时我的灵魂会完全扭曲。我有一个患肾结石的朋友。每当一块石头想要穿过身体时，她就会经历炼狱般的折磨，直到它离开。在精神上，很多时候，石头想要通过，而我会全身扭曲，等石头离开了，我便全身通透。说我们孤立无助是骗人的。一个活生生的人出现在我面前使我受益匪浅。对我所爱的人温柔而悲伤的思念使我受益匪浅。我自己的呼吸也使我受益匪浅。有充满微笑或欢声的时刻，还有非常快乐的瞬间。有个人曾经写信给我：我会把你留给上帝。我明白。这个人真能够把我留给上帝吗？还是想我了？我觉得她是想念我，并且有一段时间她被上帝所拥有。在写作的时候，我的裸体是贞洁的。写作很好：这是精神的石头最终离开的路径。我十分专注于写作的时刻。我甚至拥有我的死亡。我非常想念那些我将要离开的人。但我感到轻松，没什么让我觉得悲痛，因为我生活在神秘之中，身处在我之前和在我之后的永恒之中。神秘如巴拉那州的维拉韦利亚地质公园：早在人类出现在地球之前，它便存在。寂静，在人类没有出现之前应有的寂静。沉默的力量，来自一直存在的时间。时间是永恒的，永远不会停止。难道这不是一种美吗？我还有另一块石头，一块更古老的石头：地质学家最终认为这块石头来自地球形成时期。巴西很古老，它的火山都是死火山。一瞬间，我停下手中的笔，为了捡起这块石头并和它心灵相通。有人又给了我一颗小小的钻石：好像我手中的一粒光亮。我有着强烈的感情和强烈的愿望。为了超越这些感情和愿望，我在沙漠里度过了四十天。我身边只有一杯水。我偶尔会喝上一口来解渴。现在我要教给大家一种印度的自我平静的方法。听起来像是玩笑但确实是真的。照这样做：首先想象一束白玫瑰，想象着自己能够看到它那柔软的、馨香的洁白。接着想象一束红玫瑰，黑王子品种，热情的红色。然后，想象一束黄玫瑰，仿佛心中的狂喜，正如我写的那样。最后再想象一束粉红色玫瑰，隐蔽处绽开厚实、柔软的花瓣。在这之后，在脑海中把这四个大花束组成一个更大的花篮，并最终取走粉红色玫瑰，也许是因为它隐藏在它的苍白之中，因为它是玫瑰花中的佼佼者，我们把它拿到想象的花园里，重新放回属于它的花坛。通过这种冥想，印度人能够得到内心的平静。我想到印度这个国家，可能将来我都没机会去那里转一转。饥饿不会提升任何人的精神境界，只有刻意的饥饿才会。这会儿是凌晨四点钟，正下着雨。露台的门关着，风吹得它们晃动起来，然而我却是火热的。我本该感到寒冷，可我只感到澎湃和朝气。今天下午我有一场很重要的会面。我非常尊重将与我会面的人的灵魂，而这个人也十分尊重我。也许会是一场沉默的会面。有人从米纳斯吉拉斯寄给我一封信，里面有我的一张肖像画，写信的人告诉我，他对我有着无法用言语表达的热爱。我回信说所有热爱都是难以言表的，并感谢我能够成为这种爱的对象。肖像画得很棒。我问自己这个人是不是认识我，因为我曾经在贝洛奥里藏特做过一场演讲。这幅画比照片真实得多。吉尔贝托是谁？他寄给我一幅画，画的是我的全身像，手里拿着烟。画的旁边，吉尔贝托写下了我那些作品的名字，还有与书名有关的图画。右边有他写的一句话，看起来是个年轻人："美！迷人！美艳绝伦！"哦，吉尔贝托，美艳绝伦的人只在无声电影中有，现实中是没有的。

这幅画画得也很棒。吉尔贝托，你认识我吗？很抱歉，可我记不起你了。信封上只有你的名字，没有地址，所以我只能在这里答复你了。为了使今天下午的会面更加愉快，我会精心打扮，再喷点香水。如果我们有言语交谈的话，一定是很欢乐的词语。我用什么香水好呢？我想我已经知道答案了。我不会说我打算喷哪款香水，因为那是我的秘密。我为我自己喷香水。我想起了我的父亲，他以前常说我身上有香气，我的孩子们也是如此，这是上天赐予我们的礼物。我毕恭毕敬地感谢上天。也许有一天我会去印度。我可能会去银行贷款，这样我就有钱去印度并且在那里待上一个礼拜。我有勇气独自去吗？我需要在那边找个人能够带我转。我实在太想去了……我就写到这里，因为我在本报的写作篇幅有限。我会去阅读一会儿，阅读关于钻石的书。一本意大利杂志写道："（钻石）是所有宝石中最美的，也是最受追捧的，的的确确称得上是宝石。"①

① 原文为意大利语。

需要停下来

我想念我了。我过着不怎么隐遁的生活，接了太多的电话，急促地写作，匆忙地生活。我去哪儿了呢？

我需要一次精神上的隐退来做回自己，没什么好担心的。

知识分子？我不是。

另一件让别人难以理解的事情是，当大家管我叫知识分子的时候，我说我不是。这次同样不是因为我谦虚，而是因为我离知识分子的身份还很遥远。作为知识分子，首先要运用思维，但我不是这么做的：我凭的是直觉，是直观。作为知识分子，还要有文化，而我几乎没读过书，以至于现在我可以毫不羞愧地说我真的没有文化。我甚至都没读过人类历史上的重要著作。我现在几乎不怎么阅读，在十三到十五岁的时候，我读过许多书，而且十分渴望阅读我能得到的任何书籍。后来我就什么都看，没有人给我指导。有一点我没有坦白，我说这话感到有些羞愧，那就是这些年我只看过侦探小说。如今，尽管我常常懒于写作，可有时候比起写作我更懒于阅读。

我也不是文学家，因为我没有把写书这件事变成“一种职业”，抑或是一项“事业”。我只在灵感来了的时候写书，抑或是我自己真的想写的时候才去写。我是业余爱好者吗？

那么我是什么呢？我是一个内心会时有感悟的人，我是一个想要用语言来表达一个难以理解和触摸不到的世界的人。当我可以用一句话来描绘人类或动物生命中的点滴时，心里就会有小小的喜悦。

电话内容

我的一位好友曾经做过这么一件事：有一次我给她打电话，她把我对她说的话记在了一张纸上。后来她把纸拿给我看，我觉得有点怪，同时重新认识了一下我自己。纸上是这么写的：“有时候，我感觉自己在盲目地找寻一个东西。我想要继续，我感觉是被迫继续的。我甚至感觉到一丝丝找寻的勇气。让我感到畏惧的是，一切对于我来说都是新的，我可能会遇到我不想要的东西。这份勇气我是有的，可代价也很高，代价也很大，而我很疲惫。我总是在付出，可突然我就不想要了。我感到我必须选择这条路或者另一条路。或者放弃，去过一种谦虚的精神生活，或者我干脆不知道放弃的根源在哪里，不知道在哪里才能找到我的使命、我的快乐和我的追求。我现在已经习惯了生活在极大的强度之中，这样不好。写作是对我现实状况的写照，也是在我感到极度孤立的时候完成的事。”

玛丽亚在电话中哭泣

家里的电话响了，我拿起听筒，听到一个非常奇怪的女人的声音。她问起我，而且当我正要说是我妹妹在接电话时，她对我说：就是你本人。问题是，我是我自己。可是，她在哭？还是什么？因为声音里明显带着哭腔。“因为你在文章里说自己不再写小说了。”“亲爱的，别担心，也许我会再写两三部，但是需要适可而止。我写的书你都看过哪几本？”“除了《围困之城》和《外国军团》之外基本上都看过。”“别哭了，来找我拿这两本书吧。”“不，我不去拿，我要去买。”“你开玩笑吧。这两本书我签好名送给你，咱们再喝杯咖啡或者威士忌。”“那你为我做件事吧：请在这两本书上签个名，拿给你妹夫，让他带给玛丽亚吧。”“玛丽亚姓什么呢？”“就叫玛丽亚。”“好吧。那你别哭了，感冒了，要照顾好自己。”确实，我的天哪。后来，听我妹夫说，她是一名（妇科）医生，叫玛丽亚 B。后来，她寄了一些全世界最美丽的玫瑰花给我，我把它们和 H. M. 寄给我的那些血红玫瑰混在了一起。我家里因此很美，香气四溢。能够在朋友 S. M. 和其他人的帮助下打造一个真正属于我、属于我的孩子们的家，我非常开心。

收到 H. M. 的花之后，我接到了他的电话，他祝愿我能够睡得好一些。随着那些花一同寄来的还有一张美丽的卡片，上面写着："这是鲜花之家寄来的卡片，目的就是想确认一下克拉丽丝女士没有出门旅行。不，她在家呢。谢谢，说这话时我有些害羞，无法独自承受这么多的爱。(我刚刚读完了《外国军团》这本书。）谢谢你，克拉丽丝·李斯佩克朵。现在我只需要你来拯救我。此外，也感谢你对我的玫瑰的喜爱。我还要感谢你对我的存在的逐渐肯定。有太多东西能让我想起你，在电话里对你撒了谎我也不后悔。玫瑰花是我想送的，但我希望喜悦是全部属于你的。"

谢谢你，H. M.。我收获了全部的喜悦，相信你也是。我想请你帮个忙：我在寻找含苞待放的白玫瑰，想送给一位出生没多久的"小"朋友，她叫莱蒂西亚，意思是"喜悦"。如果你知道哪里有这种花，请给我打个电话，谢谢。

星期六，和它的光芒

如何工作？在这样一个星期六，纯净的空气，只是空气，又有什么关系呢？“所有做大事的人，都是为了摆脱一种困境，走出死胡同。”我的生命必须是写作，写作，写作？作为一种深层次的精神练习？我要把这个星期六的空气融入我的写作中。我想写什么呢？今天我想随便写点平静的、不时髦的东西，比如对一座高高的纪念碑的回忆，因为是回忆，所以它看起来更高，但我其实很想触碰它，哪怕只是轻轻一触。我就写到这儿，因为太星期六了！

自认为有用

就在我无意间思考着自己是个无用之人的时候，我收到了一封署名 H. M. 的信，我只摘录开头的一段："每当我遇到你的文学贡献之美，我都会发现自己的爱的能力、为他人付出以及为丈夫而存在的能力越发增强。"

H. M.，你所说的我的文学贡献之美让我不那么高兴。首先因为"美"这个词听起来像是一种修饰，我从来没有感觉到"美"这个词如此乏味。"文学贡献"这种说法我也不喜欢，因为确切地说，现阶段"文学"这个词会让我的毛发像猫毛一样竖起来。但是，H. M.，当你告诉我你原本强烈的爱的能力变得更强了，让我觉得自己是有用的。是我给你的力量吗？非常感谢。我还要感谢青春期的那个我，那时的我想要成为对别人、对巴西、对人类有用的人，而且不会为自己的豪言壮语感到羞愧。

骗 子

我一个朋友说，在每个人的心里都有一个骗子。我同意。我觉得在我心里就潜伏着一个骗子。只是她没有战胜真正的自我，这是因为，首先，她并不真实存在，其次，我甚至对我最根本的诚实感到厌烦。还有另一种东西潜伏在我的心里并使我微笑：庸俗。啊，其实是我必须屈服于庸俗的欲望。哪方面呢？哦，没有范围的限制，方方面面的。比如我们说错了一些话，而这些话恰巧使情况变得更糟糕，再比如我们在对方猝不及防的情况下说了一些很动听、很真实的话，从而引起了尴尬和随后的沉默。还有其他方面吗？有，比如穿衣打扮。当然不一定专指亮眼的羽饰。我不知道怎么形容，但我还是很擅长打扮出完美的庸俗感的。那么对写作而言呢？诱惑还是很大的，因为庸俗和真实之间的分界线几乎是看不见的。甚至还因为，比起写作的庸俗，某种可怕的清雅更糟糕。有时候，从纯粹的乐趣、从纯粹而简单的研究出发，我如履薄冰。

我怎么就是骗子了呢？老实说，我想我确实是骗子。比如，我是一名法律专业毕业生，单凭这一点，我就把我自己、也把大家都骗了。不，我欺骗自己多过欺骗大家。但是，我很诚实：我学法律是因为希望改革巴西的感化院。

骗子就是在走私自己。这就是我真正要说的吗？曾经是，但已经离我而去。骗子会不会受伤呢？我不知道，但我知道有时候欺骗会令人痛苦，会很痛苦。欺骗会出现在非常艰难的时刻。欺骗会让我们放弃，尤其是在我们全力以赴的时候。可惜的是，关于这个话题我不能再讲下去了。

有人告诉我，有一位评论家曾写道，吉马良斯·罗莎和我是两个谎话连篇的人，也就是说，是两个骗子。这位评论家是不会明白我在这里所讲的问题的。我讲的是另外一回事。我讲的是一个很深奥的东西，尽管它看起来不那么深奥，尽管连我自己也在有些伤感地调侃它。

表达困难

为了表达，能够找到一个已经存在的合适的词是很困难的，而这种找寻让人觉得很盲目。比如在我们点咖啡的时候。并不是说是咖啡帮助我们找到了合适的词，而是咖啡代表了一种歇斯底里地释放的行为，换句话说，一种毫无缘由的释放的行为。

机器在写作

我感觉我几乎已经到达自由了。到达了一种不需要再继续写作的状态。如果可以，我会把属于我的这块专栏留成空白：充满了最大程度的沉默。而每个看到这片空白的人都可以用自己的期许将它填满。

我们说事实吧：这里说的不是年深日久的东西，一点都不是。它仅仅存在。没有进入流派。我对流派没一点兴趣，我在意的是神秘。我应该为神秘举行一场仪式吗？我想是的。这样我就可以潜心研究事物的数学了。然而，我已经在某种程度上融入了土地：我是大自然的女儿：我想要领悟、感觉、触碰、存在。这一切已经浑然一体，是神秘的一部分。我孤身一人。以前，我与写作是有区别的（或者没有？我不知道）。现在更加没有区别了。我是一个存在。我让你也成为一个存在。你对此感到惊讶吗？我想你会的。但这是值得的。尽管会感到痛苦。只会在开始的时候痛苦。

现在我说一些让我感到惊奇的事情。是关于虫子的。

我认识的一个人告诉我，有一种螃蟹，当人们抓住它的一条腿时，这条腿会断掉以免螃蟹被人抓住，之后断开处会长出新腿。

我认识的另一个人曾经在某处投宿。他打开冰箱门拿水喝。

看到了那个东西。

那是个白色的东西，特别白。没有头，喘息着。好像一团肺。像这样喘息着：向下，向上，向下，向上。我认识的这个人迅速关上冰箱门。站在一旁，心怦怦地跳。

后来他才慢慢知道是怎么回事。房子的主人精于捕捉海洋生物。曾经捕获了一只海龟。剥掉了它的壳。砍掉了它的头。把剩下的部分扔进冰箱，打算第二天烧一烧吃掉。

可是，在烹饪之前，那个东西，没有头，赤裸着，喘息着。好似一只风箱。

在这里[①]，我已经跟你说过海龟这种生物。我是这么写的："慢吞吞的、满身是土的海龟背着它坚硬的壳，我不想说。这种生物来自第三纪，恐龙时期（当我写下"恐龙时期"这个词的时候，我不知道我有没有拼对，我只是猜的），我不在乎：由于

---

① 指在往期的专栏里。

太过愚蠢，它不跟任何人联系，甚至不跟它自己联系。它是一个抽象的存在。两只海龟之间的爱不会热烈，更不会有活力。我不是科学家，但我大胆预测，这种生物将在千年后灭绝。”

我忘记说了，我觉得那海龟压根没死。

有人猜我不是真的对海龟没兴趣，于是借给我一本书，是关于海龟的，英文书。以下是书中一段话的翻译。

“海龟是古老而稀有的爬行动物。它们的祖先第一次出现是在大约两亿年前，远远早于恐龙。当恐龙这种大型动物灭绝了很长时间之后，形状怪异、并不美丽的海龟继续生存，并且在至少一亿五千万年的时间里几乎没有任何变化。”

没有壳，没有头，喘息着，向上，向下，向上，向下。活着的。

如何理解一只海龟？如何理解上帝？

出发点应该是：“我不知道。”这是彻底的投降。

机器继续着写作。比如，它会写出如下文字：那些达到高度抽象的人接近疯狂的边缘。伟大的数学家和物理学家这样说过。我认识的一位伟大而抽象的人就像所有人一样：吃，喝，和女人睡，有孩子。这样他能够使自己不会变成 x 或者平方根。当我回想起，在我还很小的时候，我给初中生做数学和语文家教，我觉得不可思议。因为如今我基本没有解平方根的能力。

而语文，我教语法规则的时候特别冗长枯燥。好在后来我渐渐地忘记了这些语法规则。我们需要之前记得，之后忘却。因为只有从忘却之时起我们才可以开始自由地呼吸。

机器要停止工作了。下周六见。

感谢打字机

我使用的奥林匹亚牌便携式打字机轻便异常，特别适合我奇怪的习惯：把打字机抱在怀里写作。打字机用起来顺畅、惬意。它能够传达我的意思，让我不用在自己混乱的字迹中茫然无措。可以说它唤起了我的情感与思考。它就像一个人那样帮助我。使用打字机并没有让我感觉自己很机械化。甚至还能捕捉到细微的变化。此外，通过它，我写的东西马上就印在纸上，这使我变得更加客观。键盘轻微的声响静静地伴随着写作人的孤独。我很想给我的打字机送一份礼物。但是能给它送什么呢？它就只是一个东西，没有想要变化成人的愿望。如今流行用“很有人情味儿”来赞扬他人，这种方式让我很是疲惫。一般来说，这个“有人情味儿”指的是“善良的”“亲切的”，再就是“甜蜜的”。而这些都是一台机器无法具备的。就更别说我在这台机器上感受不到它想要变成机器人的愿望。维持功能，它便满足了。这也让我感到惬意。

致铸排工人

很抱歉，我用打字机敲错了太多字。一是因为我的右手烫伤过，二是，我也不知道原因。

现在我有个请求，别更正我的错误。标点符号是句子的呼吸，我的句子就是这样呼吸的。如果你觉得我很奇怪，请尊重我。我甚至曾经被迫尊重过自己。

写作是一个诅咒。

不同的疯癫

艺术作品是创作者的疯癫行为。只是看起来不癫狂，并打开了创作之路。但是，为了表达对世界的看法，设计这种疯癫是无用的。预判出现在大多数睡梦人缓慢的困倦中，抑或出现在对于正在或将要发生的事进行猜测的人的混乱思维中。创作者的疯癫不同于神经性病人的癫狂。这些病人会漫无目的地走路，个中原因我不知晓。但这是医生要研究的事。而创作者通过疯癫行为来实现自我。

对释放的畏惧

如果我迟迟没有看到保罗·克利那幅《有黄鸟的风景》，我永远也不可能回到从前。勇敢和胆怯是一场游戏，在每个瞬间都进行着博弈。让我们感到惊讶的或许是一种不可避免的想法，又或许是对自由的看法。是我们通过牢笼的铁栏看世界的习惯，亦是双手紧抓冰冷的铁栏杆带给我们的安慰。胆怯扼杀了我们。因为有人觉得牢笼意味着安全，铁栏是对双手的支撑。这样说来，我觉得我不认识什么自由的人。我重新看了看那幅画，再次认识到胆怯和自由在博弈。看到《有黄鸟的风景》时，资产阶级彻底垮台了。我的勇气，完全可能存在的勇气，吓住了我。我甚至开始觉得，在一群疯子中间也会有不疯狂的人，而这种真实的可能性没必要向愚蠢的资产阶级解释。随着想要解释的人陷入语言表达的困境，这个人很可能会丧失勇气，会错过自由。《有黄鸟的风景》至少不要求大家都能看懂它，这一点意味着更高的自由度：不担心不会被读懂。欣赏着黄鸟们那极致的美，我在想如果我彻底丢掉畏惧之后会发生什么。但我无法摆脱资产阶级牢笼的舒适。在学会自由之前，我忍受着一切，只是为了不让自己变得自由。

自由的个体

我记不清柏格森是不是在《时间与自由意志》一书中提到，伟大的艺术家应该有着不止一种感受，而且是完全与功利主义无关的感受。于画家而言是视觉感受，于音乐家而言是听觉感受。

但是，完全脱离常规方法、脱离功利主义视角的人，会以一种新的方式去看待世界。更贴切地说，是去拥有世界，而这种方式是其他任何艺术家从未体验过的。

据此我们来做一个假设：养育一个孩子，保留他的观察与纯净之心。不给他信息，而他拥有的信息也只是那些纯粹的。他并不习惯于此。我们再来假设，为了让他能够保持与其他人一样的理智，给他提供些许必要的生存条件，让他有一点点“实用”的概念。但是实用纯粹是为了实用，食物纯粹就是食物，饮料纯粹就是饮料。除此之外，尽量使他保持自由状态。这样我们推测这个孩子可能会变成艺术家，会成为艺术家。

于是第一个问题出现了：是这样的教育方式使他成为艺术家的吗？我认为不是的。因为艺术不是纯粹，是纯粹化；艺术不是自由，是自由化。

当这个孩子发现他交给我们的那个纯粹的东西存在实用价值的时候，他才会成为艺术家。这种教育方式不存在，艺术家也没有受到过这种教育。但如果这个孩子走了一条与艺术家相反的路，那就意味着他创造了艺术：利用事物绝妙的实用性而不是神奇的无用性，将世间的存在统一起来。他释放了自我。如果他画画，很可能用这种方式来解读自然：画了一个在吃天空的人。而我们，功利主义者，还是会让天空处于遥不可及的状态。即便是夏加尔也是如此。这是我们还没有达到的极少数的状态之一。在长大成人并成为艺术家之后，这个孩子也会面临同样的、炼金术难以完成的问题。

但是，如果这个独一无二的人不是艺术家，他认为不需要为了让事物变得更加实用而去改造它们，因而也会认为世间不需要艺术，进而他说的话会让我们感到惊讶。他会以一种非常单纯的方式去表达，单纯得好像看到国王赤身裸体的那个人一样。我们向他请教，仿佛我们是瞎子，是聋子，想要去看，想要去听。我们面对的是一位先知，预言的不是未来，而是现在。我们面对的不是一位艺术家，而是一个单纯的人。而艺术，我觉得，不是单纯，而是变得单纯。

或许正因如此，儿童绘画展览，哪怕画得再精美，都不是真正的艺术展览。所以，如果孩子的画和毕加索的作品很像，或许该受到称赞的人是毕加索而不是孩子。因为孩子是单纯的，而毕加索变成了单纯的人。

“真正的”小说

对于所谓真正的小说，我还是挺懂的。但是，在读它的时候，对于它的情节和描述，我感受到的只有厌烦。当我写它的时候，它不是一部古典小说，就只是一部小说。只是在创作它的时候，指引我的一直是一种探究和发现的感觉。不，不是为了句法而句法，而是尽可能地让句法接近我写作时的所思所想。不过，仔细想想，我从来没有选择过语言。我所做的，仅仅是，遵从本心。

遵从本心，是我写作时真正做的事情，即便此刻亦是如此。我会继续这样做，即便不知道会被带往何方。有时候，遵从本心太难了，因为我所遵从的依然只不过是一团星云，最终为我所弃。

而我写的小说只不过徒有标题？因为它们挺难写的，抑或是因为，当我对故事情节已经有了确切的想法时，便失去了写它的兴趣。只有当我还未构思成熟的时候进行写作才最好，尽管这样做会有些冒险。此时此刻，就在这一瞬间，或者说，在我中途停下来去接电话的时刻，脑海中会萌生一个标题，有可能成为一个故事或一部小说的标题：《山里人》。这个标题没什么意思，我知道。可我知道它意味着什么：它讲述的不是一个大山里的人，而是关于一个人在生活中不断攀登，直到到达一座象征性的或者非象征性的山顶，从那里他会看到他的过往，也会看到他接下来要攀登的地方，也就是他的未来。

而他看到的不美不丑、不好不坏，是生活对他的必然影响，也是他对生活的必然影响。那么问题来了：他对生活的影响和生活对他的影响达到了怎样的程度？他在什么时候有了选择？这个故事让我理不清思绪，我不会继续写了。

我曾经到处旅行，现在不想再去了，我为什么就没写过游记呢？将来也不打算写。恕我直言，我对自己来说就是个谜团。而这个谜团还包含了另一个问题：为什么我读书读得这么少？可以确定的是，我对阅读有着真正的渴望。也是为了看看别人都在做什么。但是如果可以，我只想去读那些能够直指其含义的东西。不，我真的不懂我自己。好吧，但事实是，即便我不懂自己，我也会慢慢地继续前行，为了什么呢？我不知道。总的来说，是为了对一切事物有更多的热爱。“对一切事物有更多的热爱”这句话空泛吗？更多的热爱意味着要花费更多的精力，去欣赏压根儿不美丽的东西。有人情味儿这个词让我有点发怵，因为它正在慢慢地变成一个含义广泛而又空泛的词语，尽管如此，我感觉我正朝着最有人情味儿的方向前进。与此同时，世界上的东西，世界上的物体，对我来说越来越重要。我以一种置身事外的方式看待它们，看到的只是它们本身。所以有时候它们看上去是神奇的、自由的，仿佛浑然天成而非人力所及。如果我朝着最有人情味儿的方向前进，并不意味着我需要丢掉我的这种特质，丢掉这种有时候会把物体看作物体本身的特质。因为，（在这里我会用歪理为自己辩解，）如果我能够逐渐变成有人情味儿的人，那么当我变得有人情味儿的时候，为什么一定要丢掉这种特质呢？天哪，我觉得这是纯粹的诡辩。而且，诡辩作为一种推断的方式，总是吸引着我，也逐渐成了我的毛病。可以解释的是，因为我总是不得不经常为自己辩解，而我通过诡辩做到了。也许，谁知道呢，如今我为自己辩解得少了，放弃了“推断-诡辩”之路。或许我不需要再用什么争论来为自己辩解了。诡辩在争论中的胜算很大，（我已经很多年不参与争论了），在对无法解释的行为做出解释这件事上亦是如此。从今往后我想要这样为自己辩解：因为我就是想要这样做。这也就够了。

好啦，我的思路跑到哪儿我就写到了哪儿，现在看看我已经离题太远了，这期专栏的标题和我写的已经毫无关系了。凑合一下吧。

两种方式

仿佛我追求的不是眼前的生活，而是更深层次的生活，这使我有两种存在的方式：在生活上，我时常观察，我积极观察，我有滑稽感、幽默感、讽刺感，我站在生活这一边。在写作上，我有一些观察可以说是被动的，以至于在感受到的同时就写下了观察的结果，几乎没有所谓的过程。正因如此，在写作上我不做选择，我无法把自己复制一千份，尽管那还是自己，但我觉得那是致命的。

晦涩难懂

我凭借儿童读物《会思考的兔子的奥秘》获得了一九六七年儿童文学奖，我很开心，真的。但是如果大家能够用“晦涩难懂”来评价我的作品，我会更开心。为什么呢？当我为孩子写作时，大家都能读懂，可当我为大人写作时就变得难懂了？我应该用适合孩子阅读的词语和情感为大人写作吗？我不能用平等的语言来表达吗？

不过，天哪，这并不重要。

羽毛笔风格的写作

这句话印在我的脑海里，甚至我都不知道它是从哪里来的。首先，不要再用羽毛笔了。然后，尤其是，用打字机（或者随便什么东西）来写作算不得一种风格。不，我并不是说要找到自己身上的星云，它逐渐凝结，逐渐成形，逐渐上升到表面，直到第一个表达它的词在作品中出现。

免费宣传

打字机非常重要，因为它几乎一辈子都在写作。这个助手使我恼怒，或者让我感激，感谢它很好地再现了我的感觉：我把它拟人化了。

很久之前，当我开始专业新闻写作的时候，我有一台半固定式安德伍德牌打字机。我真的太喜欢这台机器了：它工作了那么久，帮我写完了七本书。我忘不了自己从它身上取下的一页页写满文字的纸。比如说，我其中的一本书，用打字机敲出来有将近四百页，而为了把自己真正想要表达的东西阐释清楚，我一遍一遍地敲，一共敲了十一遍。写这七本书相当于在打字机敲了二十本，写完它们之后，这台机器患上了风湿病。所以我买了一台奥林匹亚牌便携式打字机。这台机器写了五本书，外加我写的其他所有东西。之后，它看上去累了，时不时地疼痛，需要一位机械师傅帮助它让它能够继续工作。它继续得挺好的，但我对它过于迷你的样式感到厌倦。

后来我用的是雷明顿牌便携式打字机，但在敲字的时候会发出像旧易拉罐似的声响，让我厌烦。我用它把塔蒂·德·莫赖斯的奥利韦蒂牌打字机换了过来，新换的这台在敲击音量方面堪称完美：声音轻轻的、微微的、弱弱的。我可以在晚上用它来写作，因为它不会吵醒别人。它不像其他机器那样会发出尖锐的声响而打扰我。我想从今往后我只会用它来写作。如果它累了，我就买一台一样的。机器就像一个人一样，有时候纯粹是因为累了所以出毛病，最好的办法就是再买一台奥利韦蒂打字机备用，因为写作这件事我耽误不起。这些打字机，任何一台于我而言都是个谜。我尊重它们的神秘。

现在，不知为何，我重新用上了那台旧的便携式奥林匹亚。我常常变换着使用打字机。

关于写作

有时候，我感觉我写作是出于某种简单而强烈的好奇心。也就是说，在写作的时候，我给了自己最意想不到的惊喜。正是在写作的时候，我才会经常意识到一些东西的存在，否则我是不会意识到它们的。以前我不知道我知道。

形式和内容

大家谈到写作形式与内容之间的困难，甚至会这样说：内容很好，但形式不够好，等等。但是，天哪，问题在于，不可能既有内容，同时又有形式。这样倒是简单了：就好像通过一种形式来叙述已经自由存在的内容。然而，形式与内容的火花在于思想本身：内容为自己能够成形而奋斗。实话说，如果不思考形式，那么内容很难实现。只有直觉触碰真理时才既不需要内容也不需要形式。直觉是内心无意识、无形式的思考，而它本身，在浮出表面之前就已经存在了。我觉得，既然人们想把思考或写作分为两个阶段，那么当整个人思考的内容成熟时，形式便已经出现。形式的困难在于内容构建，在于思考或感觉到，当没有合适的形式甚至唯一的形式时，内容要如何存在。

写作（一）

句子不是创造出来的，是自己诞生的。

写作（二）

我曾说写作是一个诅咒。我记不起为什么这样说了，真的。我今天依旧这样说：写作是一个诅咒，但，是一种救赎的诅咒。

我指的一般都不是新闻写作，而是有可能成为一个故事或一部小说的写作。它是一个诅咒，因为它就像一种令人痛苦的习惯，逼迫我们，拖累我们，使我们几乎无法脱身，因为没有什么可以取代它。这也是一种救赎。

写作拯救了受困的灵魂，拯救了自感无用之人，拯救了我们度过的、除非写下来否则永远不会明白的那些日子。写作是寻求理解，是尝试描述无法描述的东西，是直到最后一刻去感受依旧只是模糊且令人窒息的感受。写作还是祝福未受祝福的人生。

真遗憾，当“事物”自然而然来临时我却只会把它写下来。因此我只能把自己交给时间。而且，在一次真正的写作和另一次之间，可能会间隔几年的时间。

我现在开始怀念写书的痛苦了。

写作（三）

为报纸撰稿不是很难：内容要轻简，必须轻简，甚至要浅显：因为报纸读者既没兴趣也没时间深入阅读。

但为了日后成书而写作，有时候，实际付出的努力比表面看起来的要多得多。

尤其是，有的时候，必须创造一种独特的写作方法，就像我这样，还有一些人也是。十三岁的时候，我开始意识到自己渴望写作——当我还是个孩子的时候就在写作，但在十三岁之前，我的写作漫无目的——当我开始渴望写作时，突然发觉自己身处一片虚无，在那里没有人可以帮助我。

于是我不得不从零开始，让自己成长起来。我自己理解自己，自己创造（可以这样说）我的真实。我开始写，甚至不是为了开始。稿纸一页页地堆砌，写出的东西自相矛盾，写不出来时的绝望影响太大，以至于真的写不出来了。当时，我开始写的那个没有完结的故事（深受赫尔曼·黑塞《荒原狼》的影响)，真可惜我没把它保留下来。我把它撕了，无视自己超凡的努力：努力学习、努力认识自我。一切就这样默默地结束了。我没告诉任何人，独自承受了这份痛楚。有一件事我已经猜到了：我需要尝试一直写作，而不是等到某个最好的时刻再去写作，因为它一般不会到来。尽管我是出于所谓的兴趣，但写作于我而言是困难的。兴趣与天赋不同。一个人可以有兴趣但没有天赋，换句话说，他可以被点名但不知道该怎么做。

弦外之音

所以写作是写作者使用的一种手法：他用一个词语作为诱饵，去钓那些非词语。当这个非词语（也就是弦外之音）咬钩了，就会写出一些东西。一旦钓上了弦外之音，就可以松一口气，把词语扔掉。但这样做就忽略了二者的相似性：弦外之音咬钩后，会和词语融为一体。因此解决办法就是漫不经心地写作。

撰稿和写书

海明威和加缪是很棒的撰稿人，撰稿并未影响他们的文学创作。如果我有魄力的话，我也想让自己成为这样的人，前提是相应地保证撰稿和写书的比例。

可我担心：写得太多往往会让词语变质。销售或制作鞋子会不会更能保护它？这样一来，词语就会变得完美。可惜我不会做鞋。

另一个问题：为报纸撰稿时不能不考虑读者，而写书则自由得多，不需要即刻对谁许下承诺，或者说根本不需要承诺。

贝洛里奥藏特的一名撰稿人告诉我，他发现了一件有意思的事：有些人觉得我的书很难懂，可他们觉得我在报纸上的文章就很容易读懂，哪怕我发的是挺晦涩的文章。我写过一篇关于“获取同情”的文章，不是那么好懂，可令我没想到的是，这篇文章竟被收录在弥撒的经书[①]中。难以置信！

我答复这名撰稿人说，读者对于文章的理解，很大程度上

---

① 天主教会弥撒用的经书，载有弥撒祈祷词和一年中的大小节日。

取决于他对文章的态度，取决于他的喜好，取决于他是否会摒弃先入为主的想法。而报纸读者习惯了毫无困难地阅读报纸，会倾向于读懂全部内容。这仅仅是因为“报纸就是为了让人读懂的”。但毫无疑问，比起报纸撰稿，我更看重我在书中写的内容。当然，我很乐意继续为报纸读者们写文章，我也会继续爱他们。

实践

这种轻松的、为大多数人写作的经历很有意思，因为我通常为少数人撰写“我的东西”。这种感觉非常好。不过，最近我和自己相处得很好，我惊讶地发现自己是可以忍受的，有时甚至是令人愉悦的。

好吧，不总是这样。

自我批评但宽容温厚

必须宽容温厚，因为尖锐刻薄有可能阻止我继续写作。也许有一天，我想要写作。尽管我感觉自己会重新开始写作，但我会用一种不同以往的方式来完成——哪方面不同？无所谓。

举个例子，我对自己写的某些东西进行自我批评，重点不在于它们是好是坏，而在于它们没有达到一种状态：痛苦与深层次的喜悦融为一体，而喜悦也会变得痛苦，因为这种状态就是生命的刺痛。

而我太多次都无法完成一个生命与其自身的完美重合，即便当我们惊讶地说“啊!”的时候也是如此。有时，这种生命与其自身的完美重合是通过一个生命与另一个生命的相遇来实现的。

我如此明确地说我追求这种极致的完美，不，对此我不会羞于启齿。我们应当达到这种极致，并通过音乐的高度完美性来述说这种极致，而这种音乐是我们听到的，并转化成为我们内心的狂喜。没有转化，因为它们是同一种东西。我知道，在我身上应该有一种能够达到这种极致的办法。

有时候我觉得，我可以简单地通过我的观察方式来逐渐获得它。然而，我曾经觉得我会通过怜悯来获得它。不是转化为内心仁慈的那种怜悯。而是深层次的、转化为行动的怜悯，即便是言语的行动。就像“上帝用弯曲的线条书写笔直的文字”一样，我们的错误会成就伟大的爱，也就是怜悯。

冒 险

我的直觉，在努力转化为词语之后，会变得更加清晰。正因如此，写作于我而言是一种需要。一方面，因为写作是一种无法掩饰内心感受的方式（而想象力不自觉的转化只是达到这一目的的方法）；另一方面，我写作是因为无法理解，而不是通过写作的过程。如果我表现出一种神秘感，这不仅是因为最主要的问题是不要掩饰内心感受，还因为我没有能力在不掩饰的情况下清晰地描述它——掩饰内心感受会剥夺写作的唯一乐趣。所以，我经常无意中带着一种神秘感，我发现这在别人身上是很平常的事。在写出东西之后，我能否不带任何感情地、单纯地、机械地将它变得更加清晰呢？可我挺固执的。另一方面，我尊重自然奥秘所特有的某种清晰性，而这种清晰性是其他任何清晰性所不能取代的。还因为我相信，随着时间的沉淀，事物本身会变得清晰明了：就好像一杯水，一旦有什么东西沉在杯底，水就会变得清澈。如果水永远不会变清澈了，那么对于我来说就太糟糕了。我接受风险。我承受了相当大的风险，就像其他活着的人一样。如果我接受风险，那么既不是因为随心所欲的自由，也不是无意识而为之，也不是出于勇敢：每一天我醒来时，甚至出于习惯，我都会接受风险。我一直都有一种深深的冒险的感觉，我用“深深的”这个词是想表达这种感觉是“固有的”。这种冒险的感觉使我在生活上遵从本心、追求真实，更让我乐于写作。

消逝的主题

我感觉，在我身上，有太多能写的东西。为什么不写呢？是什么阻碍了我呢？也许是主题匮乏，使得主题在一个词、一行字中消耗殆尽。有时候则是恐惧，害怕触碰到一个词便会释放出千百个不希望看到的其他的词。但是，写作的冲动。纯粹的冲动，哪怕没有主题。仿佛我有一块画布、几支笔和一些颜料，却没有释放的喊叫，或者表达某些东西所需要的起码的沉默。有时候我的沉默会令我寻找一些能够给我提供关键词的人，而他们自己并不知道。但是谁呢？谁在迫使我写作呢？奥秘是：没有谁，是某种力推着我前进。

我曾经想要写在一行字中就能完结的内容。比如说，关于自己杂乱无章的生活经历，而突然冒出的对于秩序的些许热情，令我仿佛变成了一只古老的蚂蚁。我无意识的集体观念仿佛是一只蚂蚁的集体观念。

我也想，只用三两行文字，写写身体上出现一丝疼痛时的感觉。当疼痛消失，感激的身体仍然在喘息，看看灵魂在多大程度上也是身体。

就好像我在写一本关于感觉的书，这种感觉我曾经有过一次，那次是我重感冒在家待了许多天——虚弱的我第一次走出家门，看到灼热的阳光和街上的行人。怎么会在我身上出现这么一种介于幼稚与成熟之间的感叹：啊，其他人是多么的美丽！是我从自己的黑暗中走了出来，走向了同样属于我的光明，是我从人们的孤独中走近了有胳膊有腿有表情的人类。

关于喝酒的害处也是写不完的。我喝得太急了，而且没有其他选择：要么我几乎在自己的内心里睡着了，陷入迟怠、凝思，没有像新发现一样清晰的思维；要么我变得很兴奋，述说着片刻辉煌的荒诞。但是，但是在这种状态下，有那么一个细微的瞬间，我只知道生活是什么样子的，我是什么样子的，其他人是什么样子的，艺术应该是什么样子的，越抽象的抽象主义越不是抽象的。这一瞬间是不值得的，因为事后我就忘记了一切，几乎是当场就忘记了。仿佛与上帝的约定是这样的：看到并忘却，免得因知晓而毁灭。

有时候，即使很荒谬，我也觉得这样写是正确的：没有什么东西是创造出来的，除了死亡，因为它是人类和动植物属性的主要组成部分，而且事物也是会死亡的。此外，还有一个明显且惊人的发现：从未创造过一种关于身体之爱的不同的方式，它是奇怪而盲目的。每一个人都自然而然地走向自我重塑的道路，当真正热爱时，重塑本绝对就是原本。又一次回到了死亡的话题上。然后就有了这样的想法，死亡之后不会前往天堂，死亡便是天堂。

事实是，我一直缺乏天赋去完成自己真正热爱的东西：绘画。因为我应该可以，漫无目的地勾勒并描绘出一群或走或停的蚂蚁，这样我就觉得彻底实现了自我价值。或者我可能会画出很多很多的线条，纵横交织，在这些线条中我会感觉到有形的东西，而其他人也许会说它们是抽象的。

我还可以写一部真正的饮食论著，我确实喜欢吃，但吃得不太多。它最终将成为一部关于感官快感的论著，不是特指性的快感，而是与存在的东西进行“亲密接触”的快乐，因为吃是感官快感的形式之一：是一种以某种方式吸引[①]整个人的方式。

我还会写下对我的荒唐的地位的嘲笑。同时表明它是多么的高贵——“高贵”这个词又让我笑了。

我还想说说水果和果实。但就像一个用文字作画的人。可事实上，写作不就是几乎一直在用文字作画吗？

啊，我满脑子都是我永远不会涉及的主题。但，我靠它们生活。

---

① 原文为英文。

费尔南多·佩索阿在助我

我注意到一件非常不愉快的事情。我正在这里写下的这些东西，我感觉，它们并不是真正意义上的专栏文章，但是现在我理解了那些优秀的专栏撰稿人，因为他们署了名，无法摆脱自我感情流露的事实。我们在某种程度上了解他们的内心。说到我，我不喜欢这样。在书籍文学中，我可以保持匿名和隐秘的状态。但在这个专栏中，某种程度上我在使自己为大家所了解。我丢掉了神秘的内心吗？可又在做什么呢？我敲着打字机写作，当我看到了什么，就会把我的一部分表达出来。我想，如果写巴西咖啡生产过剩的问题，我就不会是个人的了。在不久的将来我会成为大众的吗？这个问题吓到我了。我要看看我可以做些什么，如果我真的可以的话。我读到的费尔南多·佩索阿的一句话给了我慰藉，这句话是："用语言表达是让我们变得不为人知的最简单的方法。"

大问题

我的作品的读者们似乎担心，我会做那件叫作“妥协”的事情，因为我正在为报刊撰稿。他们中的很多人说：“做你自己。”

最近的某一天，当听到“做你自己”的时候，我突然感到些许困惑和无助，脑海里突然迸出几个可怕的问题：我是谁？我是什么样的？我是什么？我究竟是谁？我是不是？

不过这些问题比我可大多了。

沮丧时刻

在某一点上肯定有错误：在写作的时候，我越是想表达自己的想法，就越觉得实际上我从来都没有表达清楚过。这一点令我很苦恼，看起来，我现在已经开始更重视想要表达自我而不是表达本身。我知道这是一种短暂的坏习惯，但是，不管怎样，我都会做如下尝试：类似于“隐秘”的东西。就算继续写作，我也会运用隐秘。如果有一种从我身上消失的、叫作表达的东西，我就不再是这样的了：“我表达，即我存在。”而会是这样的：“我存在，即我存在。”

纪念一部小说的完成

我记不起来哪里是起点了，我知道我没有从头开始：可以说是一下子就写完了所有东西。一切都在那里，或者似乎是在那里，就像在一架打开的钢琴的时空里，在钢琴同时按下的琴键里。

我写作的时候非常仔细地寻找在我身上组织起来的东西，而在第五次耐心的重复写作之后我才开始意识到这一点。我开始更清楚地意识到我想要表达的东西。

我担心的是，由于我对自己的理解很慢而且会对这个过程失去耐心，所以我会加快速度，提前写出一种想法。我有一种感觉，或者说是确信，那就是，我给自己的时间越多，故事就会在没有意外变化的情况下说出它需要说出的话。

我总是觉得，所有事情都是耐心问题，爱心造就耐心，毅力成就热爱。

这部书也可以说是在同一时间完成的，有时候是这里比那里写得多一些，或者那里突然比这里写得多一点：比如说，我在写第十章的一句话时会停下来去写第二章的内容，而第二章又会因为写第十八章而中断了好几个月。我有这样的耐心：忍受着混乱无序带来的巨大不便，甚至连许诺能够写完的最起码的安慰都没有。但秩序会有约束，这也是事实。

一直以来，最大的困难是等待。(我感到有些奇怪，女人对医生说。女士您怀孕了。我还以为我快死了，女人答道。）扭曲的灵魂，在成长，在膨胀，甚至不知道它是否在等待正在形成并即将出现的东西。

除了艰难的等待，还要有耐心，将瞬间形成的最初的想法重新用文字一点一点地写出来。恢复想法是非常困难的。

好像这样还不够，但可惜的是，我不会写作，我无法把一个想法叙述出来，我不会“用文字装扮一个想法”。我写的东西指的不是一个思想的过去，而是当下的思想：浮出表面的东西已经有了合适的、不可替代的文字，或者它并不存在。

在写它的时候，确信无疑却又看似矛盾的是，妨碍写作的是不得不使用文字。这一点令人难受。仿佛我想要进行一种更直接的交流，一种有时候会发生在人与人之间的无声的理解。如果我可以通过在木头上画画，或者抚摸孩子的头，或者在乡间漫步的方式来写作，我就不会走上文字的道路。我会做许多不写作的人所做的事，而且会和那些写作的人一样，有同样的快乐与痛苦，也有同样深刻的、难以抚慰的沮丧：我会生活下去，而不是使用文字。这可能是我的解决办法。如果是，欢迎。

神　秘

当我开始写作的时候，我想要达到什么呢？我想写点平静的、不时髦的东西，比如对一座高高的纪念碑的回忆，因为是回忆，所以它看起来更高。但我其实很想触碰它。说实话我不知道“纪念碑”这个词于我而言意味着什么。而最终我写出了完全不同的东西。

细化时间

我不能在焦虑或等待解决问题的时候写作，因为在这些情况下，我会尽一切努力让时间流逝——而写作恰恰相反，会细化并延展时间。尽管出于迫切的需要，最近我学会了一种通过写作来让自己忙碌的方式，确切地说，是为了看时间是否流逝。

依然没有答案

我不会再写作了，我失去了这个能力。但是我已经看过了这世上的许多东西。其中一个，也不算是最不痛苦的一个，就是看到那些张开想要说点什么的嘴，或者兴许只是咕哝几声，却都没能成功。所以有时候，我想要说他们没能说出的话。我不会再写作了，可是这种文学行为对我来说已经逐渐变得如此不重要，以至于不会写作也许正可以把我从文学中解救出来。

对于我来说，什么变得重要了呢？可无论它是什么，也许都是通过文学来体现的。

更上一层楼：沉默

直到今天，我才明白一个人原来可以不写作。渐渐地，渐渐地，直到忽然隐隐地觉察到这一点：谁知道呢，也许我不用再写了。这是雄心壮志。是几乎无法实现的。

三种经历

我为三件事而生，并为之付出生命。我生来就是为了爱别人，我生来就是为了写作，我生来就是为了抚养我的孩子。“爱别人”是如此宏大，它甚至包括我用余下的爱来宽恕自己。这三件事都太重要了，以至于我的生命显得很短暂。我必须抓紧时间，时间很紧迫。我不能浪费生命中的一分一秒。爱别人是我唯一知道的个人救赎方式：只要付出爱，就没有人会迷失，有时还能得到爱。

我生来就是为了写作。词语是我支配世界的方式。我从小就有那么几个热切呼唤我的志向。其中之一便是写作。我不知道自己为什么会选择这条路。也许是因为，我需要很长一段时间的学习来实现其他的志向，而对于写作来说，学习就来自生活本身，我们内心的生活以及我们身边的生活。还有，我不知道怎样学习。而对于写作来说，唯一的学习就是写作本身。我从七岁起就开始进行自我训练，以便有一天我能够掌控语言。

然而，每次我写作就好像是第一次写作一样。我的每一部书都是痛苦与快乐的处女作。这种随着时间的流逝而自我更新的能力就是我所说的生活和写作。

说到我的孩子，他们的出生不是偶然的。我想要做母亲。是我自愿生的。两个小家伙就在这里，在我身边。我以他们为傲，我在他们身上得到了重生，我关注着他们的痛苦和悲伤，我给予他们我所能给予的全部。如果我不是母亲，在这个世界上就会孤独。可我有孩子，为了他们的未来，我每天都在努力成名。我知道终有一天他们会展翅起航，那时我就孤单一人了。这是命中注定的。因为我们哺育下一代不是为了我们自己，而是为了他们。将来有一天，当我形单影只的时候，我就是完成了所有女人都会完成的使命。

我会永远热爱下去。写作是一件极其强大的东西，但它可以背叛我、放弃我：有一天，我可能会觉得已经把自己在这世上的部分写完了，我也该学着停笔了。在写作上我没有任何保证。

而同时，我甚至会热爱死亡的时刻。热爱不会终结。就好像世界在等着我。而我要去见见等待我的东西。

我希望上帝不要活在过去。拥有当下，甚至虚幻一些，拥有未来。

时光荏苒，转瞬即逝：我需要加快速度，但同时我也要好好生活，就好像我的生命永不终结一样。而死亡便是某种光辉的终点：死亡在我生命中至关重要。我畏惧死亡：我不知道有怎样的星云与天河在等待我。我想在死去的时候突出生命、突出死亡。

我只求一件事：在死亡的那一刻，可以有一个我爱的人在我身边握紧我的手。当我度过这漫长的旅途时，有人陪伴着我，我就不会害怕。我希望会有重生：希望我在死后可以重生，将我活着的灵魂托付到一个新的人身上。但，我需要一声知会。如果真的可以重生，我现在过着的生活就不完全是我自己的：是一个托付于我的身体的灵魂的。我想一直重生下去。在下一世中我会像一位感兴趣的普通读者一样阅读着我写的书，而我不知道在那一世，这些书还是不是我写的。

现在我只差一个信号，一声知会。它会随着预感而来？在打开一本书的时候到来？还是当我正在听音乐的时候到来？

我知道的最与世隔绝的东西之一就是没有预兆。

喊　叫

我知道我在这里写的东西算不得随笔，不是专栏，也不是文章。可我知道我今天写的是喊叫。喊叫！累得尖叫。我累了！显然，我对世界的爱从未曾阻止战争与死亡。爱从来没有阻止我的心底滴血流泪。也没有阻止死亡的离别。孩子们带给了我很多欢乐。而我每天也都在承受着生孩子带来的痛苦。世界未能如我所愿。我未能如世界所愿。所以我不想再爱了。我剩下了什么？机械地活着直到自然死亡来临的那一刻。可我知道我无法机械地活着，我需要依靠，是爱的那种依靠。

我得到过爱。两位成年人曾经想让我做他们的教母。一位是经历了同我一样的洗礼的教子：是卡西奥，玛利亚·博诺米和小安图内斯的孩子。我自告奋勇为一个需要我的爱的年轻人做候补教母。下面是她的信，是从里约热内卢寄来的："你知道吗？昨天我醒来发现自己是彩色的。这是因为我看到了一些我总是看到的和从未见过的东西，我喜欢生命的跃动，你知道是什么意思，是我们能用眼睛看见的一天。这一天实在太美了，以至于我把我的这一天送给了你。这份礼物比起你送我的那个极其美丽的小人儿来说有点微不足道（当我一个人的时候我会和它聊天），但它太美了，太大了，太清晰了。今天我像往常一样平淡，都不知道打个电话说喜欢教母。”

最有意思的是，我的这两位成年教女——一位完全不同于另外一位——最有意思的是我才是那个从她们那里得到帮助的人。那么她们想让我做教母，而我给了她们什么呢？

再说说我的疲惫，我疲惫是因为太多人觉得我很和善。我想让他们觉得我凶横，因为这样我就和他们有了共鸣：我对自己是相当凶横的。

我将会从自己身上挖掘些什么呢？几乎什么也没有。我不再写书了。因为如果写，就会说出我的那些残酷的真相，而那些是难以为我、为大家所接受的。存在是有限度的。我已经达到了这个限度。

匿 名

太多人想要投射自己了。甚至都不了解它是如何限制生活的。我投射自己得来的那一点小小的名气影响了我的腼腆。包括我想要说的已经不能再说了。匿名如梦一般的轻柔。我正需要这个梦。可我不想再写作了。我现在写，是因为我需要钱。我想沉默不言。有些东西我从来没有写过，将来在我死之前也不会把它们写出来。这些东西并不为了钱。在我内心深处有着巨大的沉默。我的文字便是从此而来。从沉默中有着的比所有都珍贵的东西：沉默本身。

再见！我要走了！

很遗憾，我不能回复读者来信，我只能偶尔回复一两次。但有一封来信，优雅的词语中夹杂着一丝挑衅，带着那种所谓的粗鲁的直白，因为我在专栏里说过我宁愿自己不友善。而他说：“我不会轻率地说我觉得你人很好，充满了情感的起伏，但我庸俗地认为你很美。”

他说他见过我，但我记性很差，甚至无法回忆出一个叫这个名字的人。他说：“有些事情使你成为令人尊敬的契诃夫的同胞，其他事情让你看起来确实是这里的人。不是来自上克鲁斯或蒙蒂斯克拉鲁斯，而是来自巴热或卡斯卡杜拉。”我的孩子，我一点都不为来自巴热或卡斯卡杜拉而烦恼。我为那些想读我的人写作。而你，弗朗西斯科，你的抱怨太多，有时说得有理，有时没理。我一点也不生气：我为自己创造了一种可以说任何话、听任何话的生活。但在你的信中，有几段话我不知道你是在冒犯我还是在赞美我。

你抱怨我灰心丧气。你是对的，弗朗西斯科，我是有点灰心了，我太需要别人来给我打气了。我的灰心和成千上万的人所感受到的是一样的。但是只要有一个电话，或者和我喜欢的人打交道，我的希望就会重生，我就会再次变得坚强。你一定是在我充满希望的时候遇到我的。

你知道我是怎么知道的吗？因为你说我很美。嗯，我并不漂亮。但是当我充满希望的时候，就会有一些东西从我身上散发出来，也许可以称之为美。

你希望我像契诃夫一样，写出有趣的东西，颇有道理。我亲爱的朋友，如果我像契诃夫一样只写一页书，我就会成为一个伟大的女人，而不是现在这个没有保护的女人。

别担心，弗朗西斯科，我写出有趣的东西的时刻会到来的，我的确有着情感的起伏，终有一天我会乘着大海的强劲波浪，在它的波峰上驰骋。欢笑的时刻定会到来，弗朗西斯科，我已经等得不耐烦了，这是一个好兆头：这意味着在浓重的灰暗中，希望重生的时刻近了。眼下，我是根据我的情感起伏来笑，或者哭。

弗朗西斯科，你给了我你的“王国、一匹马和一盘扁豆”。我认为自己是你的王国里最谦卑的仆人。我也接受在黑暗中骑着你的马飞行，因为，弗朗西斯科，你把我丢在了黑暗里，还没给我任何线索让我在光明中绽放，而这些线索正是我需要的。但你很好，尽管你对我目前缺乏欢笑感到失望，但你还是给我提供了独特的美食：一盘扁豆。终于有人明白我饿了。

然后你向我提出了一个非常特别的建议，让我也觉得很特别。如果我不接受，是因为我真的做不到。因为你，作为一个内心富有的人，单纯地建议我：

“咱们逃到香港，或者逃到任何一个比那里更近的地方去。”

正如你所说：“愿上天永远保佑我们。”

阿门，弗朗西斯科，谢谢你：我想要你所要给我的一切。我已经很久没有因为这种古老的饥饿感而得到一盘扁豆了。有了你的马，弗朗西斯科，我们会走得更远！到了那里我们将永远不会回来。再见了，各位！因为我已经骑上了那匹美丽的马，它将带领我走向光明。我终于要出发去我的“帕萨尔加德”了！

最近这次收到的其他来信，都来自非常纯洁的、对我充满了信心的人。我不知道如何选择那些让我最感动的信。他们都温暖了我的心，他们都想帮助我爬得更高，让我能够以某种方式看到世界的美景，他们都对我很好。我是一个快乐的专栏作家。我写了九本书，让很多远方的人爱上了我。但成为一名专栏作家有一个我不明白的奥秘：那就是，那些专栏作家，至少里约热内卢的那些，是备受喜爱的。而每周六撰写系列专栏，给我带来了更多的爱。我觉得与我的读者很亲近。我也很高兴为那些令我尊重的报纸写作。我只能想到三四位女专栏作家的名字：埃尔谢·莱萨、拉克尔·德·凯罗斯、迪娜·西尔韦拉·德·凯罗斯，还有我。埃尔谢写专栏的时间比我久，所以我要给她打电话，问她我要如何处理我接到的那些神奇的电话，要如何处理他们送给我的那些凄美的玫瑰花，要如何处理他们送给我的那些简单而深奥的信件。

我向我的读者保证，我会更加快乐，这样我能让他们至少在某一时刻更加快乐。但是，我的天哪，怎么样才算快乐呢？因为我再也无法忍受卡洛斯·德鲁蒙德·德·安德拉德在这个世界上的孤独了。活得久一点吧，德鲁蒙德，这样我就可以时不时地给你打电话，总是带着某种目的，否则我都没有勇气打断你的工作。但今天，弗朗西斯科，我有勇气像你看到的我一样美丽，充满了希望。我和德拉蒙德通了电话，几乎称呼他为卡利尼奥斯，因为重要的是，人们不应忘记，虽然他很伟大，但他也是卡利尼奥斯，他的母亲以前也是这样叫他的。他也需要呵护。我就写到这儿，因为我在弗朗西斯科的马上骑得太快了，如果我今天不注意，另一个“孩子”——一部小说的第一章就要诞生了。糟糕的是，我合理地提前交了我的专栏稿，它在一个星期六的黎明刊出了，就像一个出炉的热面包，也许天空有红云，月亮淡薄，而在我致命的情感起伏中我已经有了另一波情怀。

是的，奥塔维奥·邦芬，为报纸撰稿是一种很棒的经历，我此刻正在更新这种体验，而记者，我以前是，现在也是，是一个伟大的职业。通过书面文字接触另一个生命是一种荣耀。如果有人夺走我为之努力奋斗的文字，我将不得不选择跳舞或绘画。我会找到一种方法与世界进行交流。而写作是人类的占卜师。

要怎么做呢？为什么我写了九本书，却没有一本对你们说我爱你们呢？我爱那些有耐心等待我、等待我通过书面文字发出声音的人。我突然觉得自己责任重大。因为如果我一直知道如何使用文字——尽管有时会结巴——那么，如果我不说出你们想从我这里听到的话，无论多么笨拙，我都是一个罪犯。

如果我不说，甚至以笨拙的方式说出你们想从我这里听到的东西，我就是一个罪犯。我想知道你们想从我这里听到什么？我手里有乐器，但不知道如何演奏，这就是问题所在。这个问题将永远得不到解决。因为缺乏勇气？我是否应该克制我的爱，我是否应该假装不感受我的感受：对他人的爱？

为了拯救这个满月的黎明，我对你们说：我爱你们。

我没有给任何人面包，我只会给出几句话。真是穷得令人难过。半夜我坐在我家的客厅里，我走到阳台上，看到了满月——我身上的阴郁远多过阳光。还有一种超出人类承受能力的巨大的孤独，如果我不写“我爱你们”，这种孤独就会把我带走。要怎么解释我觉得自己是这世界的母亲呢？但说“我爱你们”几乎超出了我的承受力！我很难过。拥有一份无能为力的爱是如此痛苦。但我会继续等待。

译后记

读过李斯佩克朵作品的人，大都能够感受出她的文字能够穿透语言，光彩夺目。即便这是一本非虚构作品，翻译过程也是极其艰辛的，一字一句，非深思熟虑不敢下笔。在试译的过程中发觉翻译出来的几段文字很对味。比如开篇第一节《诗》里面有一句话“我甚至使用了一些我不能完全理解意思的词”，再比如《知识分子？我不是。》这一节里“而我几乎没读过书，以至于现在我可以毫不羞愧地说我真的没有文化”，等等，这样直白的语句，从这样的文学大师笔下写出，让我很惊讶，惊讶于她的率真、她的果敢。用她自己的话说，她写作“凭的是直觉”，“只在灵感来了的时候写”，“抑或是自己真的想写的时候才去写”，不是刻意的，不是带着某种目的的，更加没有商业气息地去完成她所热爱的写作。这样的人令我敬佩。

在近五个月的时间里，我感受着李斯佩克朵对于写作的热爱、对于生命的感悟、对于生活中点滴的诠释，并努力把它们转换成中文，力求精确。在翻译过程中，对于某些词语、某些句子的理解，我求助过巴西朋友，他们给了我很大帮助，特别是我们的外籍教师谢拉·莫雷拉（Sheila Moreira）女士。与此同时，我发现，即便是母语读者，对于李斯佩克朵的理解也存在着差异，因此，在书中个别章节的语句翻译上，我在参考了母语读者意见的基础上，结合自己的理解进行翻译。此外，鉴于原作的语言特点、写作风格和写作主题，译文没有进行太多的渲染，最大限度地保留了原作中简明朴实的用词、率真直白的文风，以及最重要的，留白，让读者自由地感受原文字的引申含义。比如，书中有一节只有很短的一行字：

> 可是既然一定要写作，起码不能只是把词语压缩在字里行间。

这是一句令我印象深刻的话。为了它，我琢磨了四五天，最终决定舍弃母语读者抛给我的各种解读，当然也舍弃了我自己的领悟，只是将它原样呈现出来，不带任何的意思导向。或许它代表写作不是单纯的码字，又或是写作不能只顾字面意思，抑或是写作需要斟酌词句，再或是写作就要率性而为不要拘泥于辞藻……各人有各人的理解，文字才会更加熠熠生辉。除了寓意留白，有一节将近一千八百个汉字的独段文字在格式上也是原封不动地保留下来，没有进行分段处理。说实话，对于作者一气呵成式的成段写作，我没有勇气自行分段，唯恐打乱作者表达的意思和创作时的思路，从而影响读者对于作者“分段”是否合适的判断。

正如瓦斯克斯在序中提到的，对于李斯佩克朵来说，写作和生活是分不开的。这本书中所选取的文章都是围绕着这一主题所展开的写作，每一节的篇幅不长，写作主题广泛，语句相对简单易懂，字里行间透出作者依靠直觉写作的特点。对于初次阅读李斯佩克朵的人来说，这本书如同一把钥匙，打开了李斯佩克朵的文学世界，让我们了解她的真实，探索她写作的奥秘。在书中，她多次提到了神秘、直觉、星云，说自己不会写作、应该停止写作，并且有着一种无风格的写作风格。至于她很小的时候就发现的“文字的神奇力量”，这一点大概体现在某些有意思的表达上，诸如“我深深地呼吸着上帝”“我就写到这儿，因为（今天）太星期六了！”“骗子就是在走私自己”“用一个词语作为诱饵，去钓那些非词语”，等等。我在翻译这些具有神奇力量的文字时，依旧本着再现原文用词特点的目的，即使译文看起来有些文法问题。

最后值得一提的是，本书各个章节的写作主题非常广泛，哪怕是生活中最不起眼的事物，都可以成就作者笔下的一段文字。正如李斯佩克朵自己说的那样，她的写作多是一种尝试，当一个主题尝试成功之后，别人就可以直接拿去写了。所以，我们可以在书中读到生活中的各种东西：一首诗、一门语言、一块石头、一只海龟、一幅名画、几台打字机、一段电话聊天内容等等。在翻译这些文字的过程中，生活中熟悉的点滴很容易引起身为译者——同时也是读者——的我的共情。我们对于许多东西的感受，经过李斯佩克朵细腻的文笔准确地表达出来，并将其存在的本质挖掘出来，令人深有感触。

很多作家都写过对于死亡的认识。对于李斯佩克朵而言，死亡不是一个终结，而是另一段旅程的开始。在翻译《三种经历》一节的末尾时，我似乎在某一个瞬间共情到李斯佩克朵所谓的重生中，像一位普通读者一样阅读着我翻译的文字，但不知那时这些文字还是不是我翻译的，还是不是李斯佩克朵的作品。愿各位读者能够在她的文字中有所感悟。不到之处，敬请指正。

陈　迪

2021 年 8 月北京